图书在版编目（CIP）数据

让孩子内心强大的 7 个思维习惯 /（瑞典）卡尔 - 约翰·福森·埃林著；（瑞典）卡塔琳娜·温特雷福斯绘；梅楚斯译 . -- 北京：中信出版社，2020.5（2022.7 重印）

书名原文：Brave Morris: A Week Upside Down

ISBN 978-7-5217-1470-8

Ⅰ . ①让… Ⅱ . ①卡… ②卡… ③梅… Ⅲ . ①儿童故事－图画故事－瑞典－现代 Ⅳ . ① I532.85

中国版本图书馆 CIP 数据核字 (2020) 第 025559 号

让孩子内心强大的7个思维习惯

著　　者：［瑞典］卡尔－约翰·福森·埃林
绘　　者：［瑞典］卡塔琳娜·温特雷福斯
译　　者：梅楚斯
出版发行：中信出版集团股份有限公司
（北京市朝阳区惠新东街甲4号富盛大厦2座　邮编　100029）
承 印 者：山东韵杰文化科技有限公司

开　　本：889mm × 1194mm　1/16　　印　　张：3.25　　字　　数：56 千字
版　　次：2020 年 5 月第 1 版　　印　　次：2022 年 7 月第 3 次印刷
京权图字：01-2019-6971
书　　号：ISBN 978-7-5217-1470-8
定　　价：35.00元

出　　品：中信儿童书店
图书策划：如果童书
策划编辑：安虹　　责任编辑：陈晓丹　　营销编辑：张远　杨晴
美术编辑：姜婷　　内文排版：王莹

让孩子内心强大的
7个思维习惯

[瑞典] 卡尔-约翰·福森·埃林 / 著
[瑞典] 卡塔琳娜·温特雷福斯 / 绘
梅楚斯 / 译

中信出版集团 | 北京

写在前面

想象一个孩子正在哭泣或身受痛苦，而你却束手无策，这是多么让人难过的一幕，相信为人父母者对此感受尤为深切。在不同的情境下，孩子们可能会快乐，可能会悲伤，还有些时候，一切都颠三倒四，令人抓狂。这是一本别出心裁的书，我想借助它，为孩子们，也为你这个大人，提供一套方法，来应对日常生活中接踵而来、形形色色的状况。

在莫里斯的故事里，我想告诉你的是：改变思维方式可以收到不错的效果。在故事中，我也介绍了可以教给孩子的一些情感技巧，以便他们在相似的情境中运用。反复读这本书,可以让孩子一点点打开心扉,更愿意在遇到类似情况时尝试使用这些方法。你也可以引述书中的内容，告诉孩子莫里斯是怎样应对各种事情的，从而鼓励孩子运用这些有效的技巧改善自己的状况。

你还可以在给孩子读书的时候，把莫里斯的经历用作谈话的引子，和孩子聊一聊诸如疼痛、失落、恐惧、友善、喜悦等种种感受。我在书末举了一些例子，告诉你怎样运用故事中提到的种种技巧。如果你想让这本书发挥最大的功效，建议你先读读这些建议，然后念故事给孩子听。

书中的这些技巧，源于各种各样的辅导技巧、心理学原理，以及我二十多年来为他人提供辅导与教学得来的经验。身为两个孩子的父亲，我在帮助孩子这件事上一直孜孜不倦，精益求精。这些技巧都经过实践检验，不仅帮助过我自己的孩子，也帮助过全世界成千上万的人。我祈愿它们也能给此刻正在听你读书的孩子带去帮助。

祝你好运!

卡尔－约翰·福森·埃林

认识莫里斯

莫里斯和爸爸妈妈还有姐姐莫莉一起生活。他们刚搬了家，莫里斯把自己的东西全都带到了新家。

莫里斯是个勇敢、好奇的小男孩，他总是很快乐，爱玩爱闹。他喜欢四处探索，喜欢和姐姐、朋友们玩耍。他喜欢爬树，特别喜欢倒挂在树枝上；有时候，他在衣服的口袋里放了东西，当他倒挂在树枝上时，口袋里的东西就会掉到地上。

他还喜欢骑自行车，但还不太会保持平衡，有时会摔倒，不过他会爬起来接着骑——莫里斯可不会轻易被困难打倒。

1+1=3

莫里斯想长大后当一名警察，或者是老师、航天员、医生，他还没拿定主意。他很想知道，帮助别人和遨游太空分别是什么感觉。莫里斯想做的事有好多好多。

在新家所在的小城，有很多令人激动的事在等着莫里斯去做——去游乐场疯玩，爬树，结交新朋友。可令莫里斯完全没想到的是，他在这里度过的第一个星期会令他如此抓狂。

星期一

早上醒来，莫里斯隐隐有点儿担心。明天他就要去新的幼儿园了，不知道能不能在那里交到新朋友。莫里斯很喜欢他的老朋友们，可他们都住在他搬家前的那个城市。万一自己在这里交不到新朋友，孤孤单单的，那该怎么办呢？莫里斯越想越担心，最后忍不住哭了起来。

姐姐莫莉听到了莫里斯沮丧的哭声。

“莫里斯，你怎么了？”莫莉问。

莫里斯说：“我很担心。我不喜欢这种感觉。”

“担心什么？”

“我不知道能不能在幼儿园交到一起玩的新朋友。你能帮我开心起来吗？”

“当然啦。全世界就数我最会逗你开心啦！”莫莉说。

“你可以这样想。其实，每一种心情都在你的身体里转圈，就像旋转木马那样。有时候它们甚至会跑出你的身体。如果你想把一种心情换成另一种心情，可以试试让它换一个样子转圈。你甚至可以逗弄一下你的心情，让它一会儿待在身体里，一会儿跑到身体外，等到它被玩糊涂了，就会消失不见啦。”

莫莉在空中挥舞着双手，做出正在逗弄心情的样子。

“拿你自己的心情试一试就知道啦！”她说。

莫里斯觉得很好奇，就尝试起来。

“从这里开始转，”他指着自己的身体说，“然后它改变方向，朝另一个方向转起来了。你看，莫莉！它全速开动啦！就像赛车那样！现在它跑出房间，跑出房子，跑到街上啦。”

莫里斯让那种担忧的心情朝着各个方向一通跑，直到再也感觉不到它的存在。现在，他有一种想要笑出声的感觉，于是他就笑起来了。

“我就知道我能让你的情绪好起来。”莫莉说，“明天就是新的一天了，你肯定会交到很多新朋友的。”

和焦虑情绪玩耍

想象它们在体内自由旋转、转入转出，这样转移注意力，接受新情绪。

星期二

今天是莫里斯去新幼儿园的第一天。早上，爸爸在那里陪他待了一会儿。一切看起来都很好，爸爸就去上班了。

幼儿园里有三个老师，还有好多孩子，莫里斯可以和他们一起玩。小朋友们对莫里斯都很友好，可他还是忍不住想念以前幼儿园的朋友们。莫里斯哭了起来，他太想念他们了。

一位老师在莫里斯身边坐了下来。

“嘿，莫里斯，你怎么了？”老师问。

“我好难过，我很想我的老朋友们。”

“我知道，你想他们了。有这样的感觉再正常不过了。我有个办法也许能帮你，你愿意跟我一起试试吗？”老师问。

莫里斯很好奇，他想知道老师会有什么办法。

“我们可以这样做：想象一下，你有一张朋友们的照片，就放在你面前。你能看到这张照片吗？在哪里？”

莫里斯指着自己面前说：“就在这儿呢！”

“好极了！现在你要移动这张照片。想象自己抓住照片，把它放进你心里，好好地保存在那里。这样，不管你走到哪里，你的朋友们都会在你心里陪着你。”

莫里斯照着老师说的，把照片保存在心里。想到老朋友们，他觉得又温暖，又开心。

老师说：“现在，想象你看到了另一张照片，还是在你面前，就在同一个地方。照片上是你和现在这个幼儿园里的新朋友们，注意看，你们在一起玩，玩得很开心。”

莫里斯盯着想象中的照片看了好一会儿，然后站起来说:“我要去和新朋友们玩了！”

这一天过得非常快。爸爸妈妈来接莫里斯的时候，他告诉他们今天玩得很开心，已经交了几个新朋友。莫里斯盼着明天再来幼儿园，和他们接着玩。

变换大脑中的“画面”

想象出积极正面的新场景，去替换大脑里的负面旧场景，促使内心情绪转变。

星期三

今天，莫里斯在幼儿园玩得很开心。孩子们几乎整天都在室外玩耍。莫里斯在沙箱里挖坑，骑了一会儿自行车，还和新朋友们一起玩。他们装扮成不同的动物，莫里斯扮成一条虫子，在地上扭来扭去。妈妈来接他回家时，他已玩得浑身脏兮兮的了。

回到家，妈妈说：“该洗澡了！”

妈妈在浴缸里放满水，又冲出好多泡泡。莫里斯跳进浴缸，用玩具小船和橡皮鸭子拍打水面，激起高高的水花。他是海盗，是海洋之王！

突然，莫里斯发现墙上有一只蜘蛛，觉得非常害怕，赶快躲到了浴缸的另一头。

“妈妈！”莫里斯喊道。

“怎么了？”妈妈问。

“墙上有只讨厌的蜘蛛！就在那儿！”莫里斯指着蜘蛛说。

“是那个小家伙吗？”妈妈问。

妈妈告诉莫里斯，那只蜘蛛名叫蒂娜。接着，妈妈给他讲了个故事：从前，有一只叫蒂娜的小蜘蛛去看望她的奶奶，奶奶把自己织的八只红袜子送给她。奶奶告诉蒂娜，如果觉得外面冷，就把袜子穿上。但是，如果你的朋友们觉得冷，不要忘记把袜子借给他们哟！蒂娜很开心，她还向奶奶借了那顶橘色的旧帽子。穿好袜子，戴好帽子，蒂娜就欢欢喜喜地一路跳着舞回家了。蒂娜经常穿着袜子、戴着帽子，但也记着奶奶的嘱咐，很乐意把它们借给小伙伴们。

创造新的有趣联想

围绕自己害怕的事物，发挥奇趣创意、展开正面想象，改变它们在头脑中的旧形象。

“莫里斯，蒂娜今天穿红袜子、戴橘帽子了吗？还是她又把它们借给哪个兄弟姐妹或小伙伴了呢？”

莫里斯疑惑地看看妈妈，又看看那只蜘蛛。

“没有，妈妈，我没看见她穿袜子、戴帽子，蒂娜今天一定是把它们借出去了。”

妈妈笑了，问道：“你知道吗？如果有人对着蒂娜唱歌，她可喜欢跳舞了呢！我们来试试她会不会跳给我们看吧！”

莫里斯和妈妈唱起了《可爱的小蜘蛛》，他们一边唱一边配上手指动作，想象着小蜘蛛开心地跳舞的样子。

蒂娜在墙面上跳着舞往上爬，爬进一道小缝里不见了。莫里斯不再怕蒂娜了——事实上，他什么蜘蛛都不怕了。莫里斯觉得，蜘蛛已经成了他的朋友。

星期四

早上，爸爸送莫里斯去幼儿园。莫里斯心情很好，跑来跑去追逐着刚刚睡醒的蝴蝶。突然，他绊了一跤，膝盖上擦破了一小块皮。伤口疼起来一抽一抽的，真疼啊，莫里斯哭了起来。

“我知道你现在很疼。可是你知道吗？有一个办法可以让膝盖不那么疼，甚至一点儿都不疼。”爸爸安慰他。

莫里斯好奇地看着爸爸，脸上还挂着泪珠。

“你看到那边那位骑自行车的女士了吗？”爸爸问。

“看到了。”莫里斯抽着鼻子说。

“那好，我们现在就把疼痛放到自行车上去，等那位女士骑远了，疼痛就不见了。”爸爸说，“你觉得疼痛是什么颜色的？”

“红色！”莫里斯说。

“如果它能发出声音，你觉得会是什么样的？”

“它会哎哟哎哟叫！”莫里斯非常肯定。

“好！那疼痛是什么形状的呢？”

“看起来像个足球。”

“所以，它是个会哎哟哎哟叫的红色足球喽？”爸爸问。

“是呀。”莫里斯已经平静了下来，“可还是很疼啊，爸爸。”

“马上就不疼了。”爸爸安慰他，“现在，我要你拿起这个红色的球，把它放到那位女士的自行车上。”爸爸指着那位正骑车经过的女士。

“随着她越骑越远，你的疼痛也会被她带走，等会儿就消失了。而且，她骑得越远，你的伤口就好得越快。”

莫里斯盯着那辆自行车，想象着红色的疼痛球向自行车弹跳过去，每跳一下，它就发出“哎哟！哎哟！哎哟！”的喊声，一路蹦跳到自行车那儿。就在那位女士越骑越远、快要看不见的时候，它一下子跳进了自行车车筐里。

“成功了，爸爸！”莫里斯喊道，“现在几乎一点儿都不疼了，而且我觉得伤口已经开始好起来了！”莫里斯擦干眼泪，拉起爸爸的手，继续向幼儿园走去。

这一天，莫里斯告诉朋友们，爸爸是怎么在他受伤的时候让疼痛消失的。他还给他们看擦伤的地方，那里正越来越快地好起来。

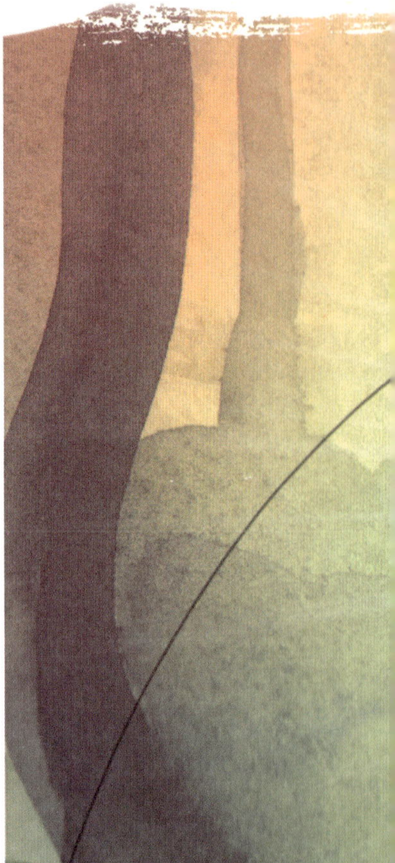

把疼痛想象成一个物体

为疼痛配上色彩、形状和声音，尽可能真实地想象它，然后“送”走它，这样抽离疼痛。

星期五

幼儿园的午餐时间到了，莫里斯的肚子也咕咕叫起来。有时候，莫里斯会不喜欢吃某种食物。今天，他不喜欢吃西蓝花。尽管很饿，但是莫里斯就是不想吃，而且他也不记得究竟为什么不喜欢西蓝花了。

“我不喜欢西蓝花。”莫里斯对一位老师说。

“真糟糕。”老师说，“那你饿吗？”

“饿呀。”

“以前有没有这种情况：你说你不喜欢什么东西，或者你以为自己不喜欢，可是后来发现其实还挺喜欢的？”老师好奇地问。

“嗯……有。有一次，我和爸爸在动物园玩，该吃东西时，爸爸买了虾肉意面。我说：‘我不喜欢虾肉！’可是爸爸非要我吃一口，我尝了一口，觉得还挺好吃的。现在我就爱吃虾了。”

“真棒！想一想，还有吗？”

“有一次，我非常饿，可是妈妈只给了我一根香蕉。我本来不喜欢香蕉，但还是尝了一下。后来我就把整根香蕉都吃了，觉得很美味！”莫里斯自豪地说。

“还有还有。有一次，我发现汤里有蘑菇，”他迫不及待地接着说，“差点儿就吐了。那时候，我真的觉得蘑菇好难吃呀！可是等我尝了一口，才发现其实很好吃。”

“这就是说，已经有好几次，你试着吃了什么东西以后，才发现自己其实是喜欢它的。我相信这种事情以后还会发生的。说不定现在就是这样？”老师说。

莫里斯好奇地盯着盘子里的西蓝花，打算鼓起勇气尝一尝。他慢慢地把西蓝花放进嘴里，慢慢地嚼着，一声不吭。它到底是什么味道？像蘑菇？像虾肉？都有点儿像？——又或者，像香蕉？他冲着老师露出微笑，又叉起一块吃了起来。莫里斯很开心，他发现自己其实是喜欢西蓝花的。

回到家，莫里斯告诉爸爸妈妈，他在幼儿园是多么勇敢，学着吃了西蓝花。吃晚饭的时候，他还要吃更多的西蓝花。

找到那些正面例证

让大脑开启举一反三的思考能力，强化我们希望的正向行为和思维，来取代原来的成见。

星期六

这一天，莫里斯和姐姐莫莉玩得很开心。他们做了点心，骑了自行车，还跳了绳。莫里斯觉得最好玩的就是做点心。好多面粉溅了起来，把莫莉弄成了大花脸。大家都笑了起来，莫莉也笑了。这一天很快过去了，莫里斯该上床睡觉了。妈妈关了灯，屋里暗了下来，莫里斯觉得有些害怕。

“我不喜欢这里又黑又暗的。”莫里斯说。

妈妈想了想，说：“你有没有想过，其实黑色只是一种颜色而已。”

“什么意思？”

“嗯，你的衣服和玩具都有不同的颜色，对吗？”

莫里斯点点头：“没错。”

“当屋里变暗时，所有的东西都像是变了颜色，其实，它们都跟灯亮着的时候一样。如果你愿意的话，可以想象房间里的每样东西都变成了不同的颜色，黑色可以变成蓝色、黄色，或其他任何颜色。你最喜欢什么颜色？在黑暗中，你可以想各种各样好玩的事，别的什么都不用管。”

妈妈接着说：“虽然关灯后，房间里会暗下来，可是过一会儿，你的眼睛就适应了，你就可以看清楚些了，只是东西的颜色和白天有点儿不一样。灯开着的时候，你看不清窗外夜空里的星星，只有屋里暗下来，你才能看得清呀。”

“星星好美呀，妈妈！”莫里斯说。

“所以，如果我适应了黑暗，就可以在睡觉的时候看清星星了？”莫里斯问。

“是呀，每个晴朗的晚上你都可以看。”妈妈一边说，一边帮他掖好被子。

“那我想学着喜欢黑暗。”莫里斯说。

妈妈唱起了《一闪一闪亮晶晶》，莫里斯安静下来，躺在床上看着星星。他努力想要数清它们，可眼皮却越来越沉。就在他合上双眼快要进入梦乡时，莫里斯小声说：“我已经不怕黑暗啦。”

妈妈亲亲莫里斯的额头，说：“你真勇敢。晚安，小宝贝。”

换个方式看待黑暗

黑暗只是一种颜色，并不可怕。我们可以把黑暗放到更大的场景里，关注它的积极方面。

星期日

早上醒来，莫里斯感到格外快活。今天全家要去公园，玩攀爬架，荡秋千，一定会玩得很开心。他急急忙忙爬下床，叫醒家里的每个人，催着他们准备出发。

公园里有好多人，有小孩，也有大人。莫里斯喜欢爬高，在一个攀爬架上，他爬得高高的。这时，他听到有小孩在哭。那是一个小男孩，正坐在攀爬架的顶端。

“你怎么哭啦？”莫里斯问。

“我害怕，我爬不下去了。”男孩说。

莫里斯想，也许可以用莫莉曾经帮助他的办法，改变小男孩的心情。他决定试一试。

“假装你抓住了身体里那个害怕的感觉，让它换个方向转圈，或者假装它高高地飞到太空里！”莫里斯说。

“我试试。”小男孩说，他想了一会儿，“嗯，这样很有用！”他们一起爬了下来。小男孩高兴极了，莫里斯也很自豪，因为他帮上了忙。

接着，莫里斯来到秋千旁边。有个小姑娘正坐在那里，她被一只蜘蛛吓坏了。莫里斯决定也帮一帮她。

“这只蜘蛛穿着红袜子、戴着橘帽子吗？”他问。

“呃，没有啊。”小姑娘疑惑地说，“蜘蛛不穿袜子、不戴帽子吧？”

“那她可能是借给朋友啦。”莫里斯一边说一边荡着秋千。小姑娘半信半疑地看着他，然后笑了起来。她不再害怕蜘蛛，重新荡起秋千来，心里感到又安全又开心。

当爸爸和莫里斯一起爬一个攀爬架时，爸爸摔下来磕伤了腿，好疼呀。莫里斯想起自己摔伤时爸爸曾帮他让疼痛消失，就用同样的办法帮助了爸爸。他问爸爸疼痛是什么颜色的，会发出什么声音，看起来是什么样子。爸爸回答之后，很快就觉得好多了。

他拥抱了莫里斯，说："谢谢你的帮助，莫里斯！现在我的腿几乎不疼啦。虽然这个星期有好些时候让人抓狂，但是你学会了很多东西。你真是个勇敢的小朋友。明天你会去帮助谁呢？好了，现在我们去野餐吧，尝尝你和莫莉昨天烤的蛋糕。”

反复运用这些思维习惯

将技巧运用到其他情境中、其他人身上，以强化孩子对它们的掌握，并分享给他人。

几点建议

在这一部分，你可以更多地了解莫里斯学到的那些技巧，并学习怎样运用，以帮助处在相似情境中的孩子。首先，我会分享一些通用的建议，当你与孩子沟通时，牢记这些建议将大有帮助。然后，我会解释莫里斯每天学到的技巧，并通过实例说明怎样将它们运用于实践。

根据多年从事辅导和教育工作的经验，我确信，我描述的这些技巧对大部分儿童和成人都是实实在在有效果的。其中一些技巧，对一部分儿童可能比对其他人更有效果，当然，有时可能需要经过若干次重复，才能将它们变成面临困境时自然运用的应对方法。有些孩子能立即接受这些技巧，将其转化为日常生活中自然的组成部分；还有些孩子则倾向于先讨论莫里斯学到的那些技巧，然后试验几次，才会信服它们。这两者无所谓对错，只不过是吸收新技能的方式不同而已。请对这些做法抱有耐心和信心，并把这种心态传递给你的孩子。

有时候，孩子对听完整个故事不感兴趣，而更想谈论其中某一天发生的事情，谈论自己经历过的类似的情境和当时的感受。此时，应先花点儿时间讨论孩子的感受，下次再继续读故事。本书的创作意图是开启同孩子的对话，在他们心中播下一种信念：你可以通过改变看待事物的方式，应对当前面临的困境。我期待你能把书中描述的情境用作教学的工具。

书中是以一个典型的核心家庭为叙事背景的，家里有爸爸、妈妈和两个孩子。你可以根据孩子实际的家庭情况自由地加以改编，例如“爸爸”可以是叔叔或爷爷，“妈妈”也可以是姐姐或姥姥。

以身作则的示范效应

要让孩子对书中莫里斯所用的技巧产生信任，你必须自己先相信它们，至少是真诚地愿意让这本书有机会展示其无穷的潜力，并把这种开放的心态传递给孩子。只有这样才能让魔法变成现实。成年人是孩子的榜样，以身作则是一项无比重要的职责。如果孩子看到你害怕一只（无害的）蜘蛛，他很快也会学着害怕蜘蛛。因此，要想真正成功地使用本书，你需要练习自我认知，检视自己在相似情境下的行为。只要在孩子面前表现出你很冷静，你相信这些故事，这本书的魔力就会在孩子身上显现。

认知图景

每个人体验世界的方式都不一样，因此，并不存在一种所有人都认同的“普遍的真实”。我们各自生存于不同的“世界”，经验、知识、文化和其他许多东西都能影响我们体验世界的过程，这些因素共同塑造了我们对现实的解读。我们的认知图景在我们幼年时期就已经打下基础，并在我们长大后继续影响着我们的决策过程。为了帮助孩子，有时候我们可能需要先离开自己的认知图景，不再把自己的想法和意见当作理所当然的真相。作为成年人，只要你相信做出改变并非难事，改变就会发生，而只要成年人觉得这事是容易的，对孩子来说就会更容易。保持开放的心态，尽你所能帮助孩子。如果你能以令人信服的方式传授书中的技巧，孩子将终身受益。

● 各不相同的主导感官

就像成年人各有各的学习方式一样，孩子也各有各的感官强项，这会对他们的学习产生影响。有些孩子善于理解视觉信息，有些孩子擅长吸收听觉信息，还有些孩子可能对触觉敏感。所以，书中出现的技巧也是多样的，以动用不同的感官，以最有效的方式刺激孩子学习。这就意味着，对一个孩子而言，某种技巧可能会比其他几种更具有吸引力。作为成年人，最好能观察哪种方式对自己的孩子最有效，然后在其他情境中也尝试用相似的方式与孩子互动。如果你足够有创意，就能找到新的技巧，调动一种或几种感官，最大限度地引发孩子的回应。保持开放的心态，和孩子一起开心地玩吧——改变很快就会到来，而这正是你们共同寻求的。

● 打破思维定式

有时候，你会卡在某种意识或思维的框架里而无法解决问题。书中描述莫里斯遭遇了哪些情况，又是如何应对的，目的就是要展示人在脆弱的身心状态中，改换思维方式具有何等强大的力量。只有那样才能改变你对自身处境的看法，同时改变你体验事物的方式。你可以运用符号、色彩和动作等元素，创造性地打破旧的思维方式，让大脑更容易接受新的想法和感受。当你在日常生活中尝试运用这些技巧时，也就能帮助孩子打破负面思维定式，这可能会让孩子感觉很棒。

星期一：对加入新群体的焦虑

· 技巧说明

想象着情绪在身体内某一部分或者全身各处旋转，甚至游走到身体之外，怎么想都行，无所谓正确或错误——每个人表达和象征自己情绪的方式都不相同。为了帮助莫里斯缓解焦虑，姐姐教他想象让情绪换个方向旋转，然后在和焦虑情绪玩耍的过程中，转换成正面的情绪。在想象中改变情绪的旋转方向和运动方式，可以转移孩子的注意力，让孩子更容易接受新的情绪。

· 更进一步

有必要的话，可以让孩子想象情绪在体内旋转，或进出身体，或跳向远处，或撞到墙上又弹回体内。通过这种方式，孩子可以强化新的正面情绪，在愉快的玩耍中找到最有效的情绪应对方式。

· 示例

我乘坐飞机或者玩旋转木马时，有时会头晕恶心。这时我会静下心来，体会自己的感受。我能清楚地感到眩晕在身体里转圈，这时我就自得其乐，让它换个方向转圈，这样做能让我的身体感官立刻平静下来。

星期二：想念朋友

· 技巧说明

作为人类，我们在反复回顾特定的记忆时，总是倾向于把目光朝向特定的方向。当我们想起喜欢的事情时会看向某个方向，想起讨厌的事情时则通常会转向另一个方向。这是怎么回事呢？实际上，我们是在注视被我们的意识“放置”在那里的图像。这种头脑中的图像就代表了那些记忆和情感。我们在潜意识里绘制出这些画面，并把它们放置在我们周围。所以，在回忆时，我们其实就是在“看”摆在眼前的脑中图像。知道了这一点，我们就可以训练自己有意识地变换意识中的画面，从而有效改变我们的情绪。在故事中，莫里斯接受了一位老师的指导，替换了和老朋友玩耍的图像，并在相同的位置插入一幅新的画面。这个新图像就是莫里斯和新朋友玩耍的场面。这样做可以促使内在情绪更快地转变。

· 更进一步

如果你想对孩子使用这一技巧，很重要的一点是：当你要求他想象某种场景时，请不要阻挡孩子的视野，以免妨碍孩子“看到”那幅景象。你应该待在侧面的位置，和孩子看向同一方向，还可以用手指着孩子放置图像的地方，加入对话，强化孩子对那幅图像的体验。如果孩子看不到画面，就让他想象自己看到了，孩子会“造出”这样一幅图像来。

· 示例

我已无数次对成年人使用过这一技巧，并且明显改变了他们的生活。最常见的一个原因是增强了自信。我会让他首先设想某种代表安全感的场景或人物形象，然后再想象自己的形象。如果这两幅图像出现在不同的地方，换句话说，我的客户看向了不同的方向，我就会帮助他把代表自己的图像移动到象征安全感的位置上。突然之间，客户的身体伸展开来，一种内在变化在他身上发生了，他会在无意识中把自己和那个自信的人物联系起来，从而更加相信自己。

星期三：害怕蜘蛛

· 技巧说明

害怕蜘蛛是一件很常见的事情，有的时候，它会发展成一种恐惧症。在某些情况下，这种惧怕是有道理的，因为有些蜘蛛确实是有毒的，甚至可以致命。不过，事实上，在全世界大部分地方，毒蜘蛛相对来说都比较罕见，但我们仍然常常没来由地对这些小东西有一种过度的惧怕。这种本能由来已久，最早可以追溯到我们的祖先在众多危险动物的包围下生存的年代。在故事中，莫里斯害怕蜘蛛，在妈妈的帮助下，他改变了自己对蜘蛛的联想，也就消除了恐惧。

· 更进一步

通常来说，帮助孩子使用这类技巧相对比较容易，你只需注意保持正面的意图，专注于把孩子的联想引导到某种积极的事物上。使用这种技巧时，你们可以一起发挥创意，享受乐趣。如果你能成功地让孩子参与进来并想出关于蜘蛛的新点子，将会很有益处。你可以采用提问的方式："你觉得蜘蛛在不上幼儿园时喜欢做什么？他喜欢和蜘蛛伙伴们踢足球吗？他的球网是用蛛丝织的吗？"

· 示例

很多客户都因害怕蜘蛛来找我帮忙，我帮助他们改变了头脑中蜘蛛的形象，一起创造了关于蜘蛛的新的联想。我们给蜘蛛戴上傻傻的帽子，或者穿上毛袜子，或者安个小丑鼻子。对于恐惧症更严重的患者，我会让他们在头脑中来回播放影像：如果在电影中看到蜘蛛，他们的行为方式会有什么变化？如果他们能同时想到电影中傻乎乎的配乐，变化就更容易发生了。在大部分情况下，改变对蜘蛛的想象就足以驱散恐惧，特别是对小孩子来说，因为他们非常善于运用想象力。

星期四：受伤

· 技巧说明

莫里斯在去幼儿园的路上因摔跤受伤了，为了帮助莫里斯应对疼痛，爸爸教他为疼痛配上色彩、形状和声音。一旦把疼痛想象成一个物体，大脑就能将疼痛抽离出来并加以抑制。在故事中，爸爸让莫里斯把象征疼痛的物体放到一辆正在离他们远去的自行车上带走，通过这种方式，大脑可以更进一步地抽离和抑制疼痛。

· 更进一步

在引导孩子描述疼痛的时候，调动的感官越多越好，不管孩子想到什么，都要予以尊重。对于疼痛体验，或者任何其他想要改变的情绪，你把象征它的物体想象得越真实，大脑就越容易相信，当象征物被送走的时候，大脑也就越容易接受这种变化。

· 示例

我第一次在我大儿子身上使用这种技巧是在他三岁的时候，在一家饭店里。当时他夹到了手指，痛得哭喊起来。我立刻用这个办法来帮他。“疼痛是什么颜色的？”我问。“红的。”他答道。我们继续描述了一番疼痛，然后把它扔进了远处的花盆里。他平静下来，继续吃饭。从那以后，再发生类似事情时，对他使用这一技巧变得越来越容易，因为他已经知道了该怎么做。

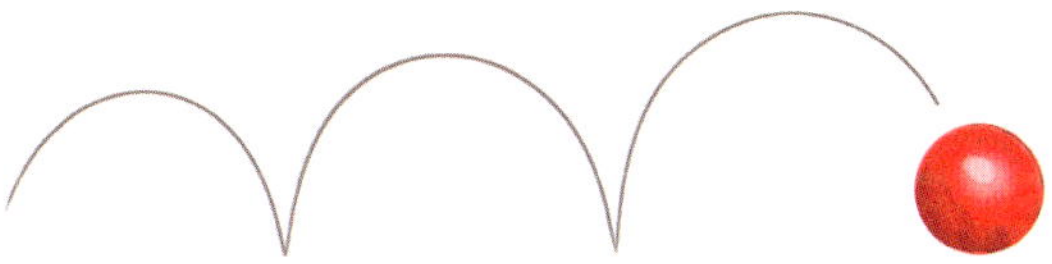

星期五：挑食

· 技巧说明

我们的大脑喜欢举一反三，推而广之。如果我们被炉子烫伤一次，那么在很长一段时间内，我们看到任何炉子时都会害怕被烫伤，直到这种联想被打破。孩子们经常会纠结食物有什么地方不对劲——上菜的方式出错啦，食材挤在一起啦，什么问题都有可能。他们会不断泛化这种纠结，除非有人说服他们改变想法。应对的一个方法是，提供足够多的例证，让大脑高度聚焦于我们所希望的思考方式，从而开启一个正面的举一反三的过程，以取代原来的成见。

· 更进一步

尝试通过循循善诱的提问让孩子自己想出例证来。如果孩子什么也想不出来，你可以利用自己熟悉的不同情境来提问，帮助孩子思考。尽量想出三四个或者更多的例子，以对我们希望的行为和思维倾向加以强化。要避免举负面的例子，否则可能会引导孩子做出糟糕的推断。

· 示例

在孩提时代，我们有时候需要听到别人说我们这个样子已经够好了。如果一个孩子期望从成年人那里获得这种形式的肯定却得不到，孩子就会推测，一定是他自己有问题，然后就会在一段时间内陷入自我怀疑。这样的行为常常会持续到成人时期。我辅导过很多从不相信自己的成年人，都是因为在童年时期一直得不到肯定。要想帮助成年人改变这种自我评价，我们需要做的事情和莫里斯一样，那就是开始回想足够多的正面记忆，直到把消极的思维倾向替换为积极的思维倾向。

星期六：怕黑

· 技巧说明

莫里斯怕黑，不喜欢妈妈关灯。这件事情不是孤立的，一个有益的做法是把它放到更大的场景里，尝试教孩子应对其他情境下的黑暗。黑暗意味着什么？莫里斯的妈妈帮助他改变了对黑暗的态度。她首先启发莫里斯思考黑暗仅仅是一种颜色，以此来淡化黑暗的可怕；然后帮助他关注黑暗的积极方面，也就是这个故事中所说的“能看清星星”。

· 更进一步

当孩子对某些事情感到害怕时，我们帮助他们的方式，就是调动他们丰富的想象力，以不同的方式看待这个世界。只要我们对自己想要传递的信息抱有信心，孩子就会非常愿意尝试我们的建议。

· 示例

我记得一件事情。当时我正在给我儿子洗澡，不知道什么原因忽然停电了，整个浴室瞬间变得一片漆黑。我儿子对此的反应是感到焦虑，我则保持镇定，就像书中写的那样，对他说黑暗只是一种颜色罢了，接着他也开始谈起哪些东西是黑色的。过了一会儿，我们的眼睛逐渐适应了黑暗，可以越来越清楚地看到屋里的东西。这时突然来电了，灯亮了。这是他第一次突然置身于黑暗之中，而我的做法成功地使他没有对黑暗产生负面的联想。

星期日：在公园的一天

· 技巧说明

星期天是很正面的一天，对莫里斯来说每件事都很顺利，他开始运用刚学会的技巧帮助别的孩子和他的父亲。在故事里安排这一天，是为了提醒孩子之前每天发生了什么，同时展示可以怎样将那些天里学到的技巧运用到其他情境中、其他人身上——甚至包括成年人，以此强化孩子对这些技巧的掌握。

· 更进一步

本书的写作目的是播下种子，启发孩子学会解决日常出现的各种问题，而星期天的故事想要表达的，是你可以怎样和孩子一起努力，让这些崭新的领悟保持鲜活。要在和孩子的日常对话中经常联系、回顾书中的故事，这样孩子就能牢牢记住学到的东西，而一旦出现类似的问题，就像莫里斯面对的情况那样，孩子会更加愿意尝试这些技巧，而且非常有可能从中受益。一个很好的办法是，在有需要的时候就提到这本书："你还记得那次莫里斯摔跤受伤的事情吗？"

· 示例

在日常生活中，我经常会和我的大儿子聊天，提醒他之前曾做过的事情。我会提到某些事情，他当时的行为曾给他带来的奖赏。比如：他曾注意到一个孩子在哭泣，想要过去提供一些帮助；在如厕训练期间，他成功做到每次有需要时都能走到厕所去。这些经历对他来说是一种强化，因为它们提示着他的成功。这会为他此后的行为打下基础。对于一段记忆，你回顾的次数越多，就越容易记住，也越容易对你的思维产生影响。请记住这一点。

［瑞典］卡尔－约翰·福森·埃林

大学时学习心理学与管理，曾在公司任职多年，现在大学任教，NLP（神经语言程序学）训练师、作家、演说家、心理治疗师。他根据心理学原理创作出的“哄睡绘本”《小兔子睡不着》《小象睡不着》被翻译为40多种语言，上市短短几个月全球销量便已突破100万册。

《让孩子内心强大的7个思维习惯》是他的最新力作，基于他20多年的心理咨询经验和养育自己两个孩子的教育实践，为父母和孩子量身定制，意在提供具体的、可推而广之的思维技巧培养方案，有技巧地引导孩子内心变得强大、自如勇敢地应对生活里已知和未知的各种状况。